27

Ln 16182.

NOTICE

SUR

JACQUES PEUCHET,

PUBLICISTE ET HOMME DE LETTRES.

Par M. Eckard.

PARIS,

IMPRIMERIE DE LEFEBVRE,

RUE DE LILLE, N° 11.

1830.

Tiré à 100.

NOTICE

SUR

JACQUES PEUCHET.

PEUCHET (JACQUES) naquit à Paris, le
6 mars 1758, fit d'excellentes études et fut reçu
maître-ès-arts en l'université; il étudia ensuite
la médecine qu'il abandonna pour suivre les
cours de droit et se fit recevoir avocat. Jusqu'en
1785, il resta étranger aux affaires publiques.
S'étant lié alors avec l'abbé Morellet, il s'occupa pour la première fois d'économie politique et travailla aux *Mémoires* contre la nouvelle
compagnie des Indes, dont Calonne, contrôleur
général des finances, venait de faire rétablir
le privilége. L'abbé Morellet l'admit aussi à la
rédaction d'un *Dictionnaire universel de commerce*, qui lui était confiée par Louis XVI,
toujours empressé de recueillir et de répandre
l'instruction, et Peuchet eut part aux 4000 fr.

1.

de fonds annuel alloué pour cet objet. Mais
le ton de supériorité qu'affectait l'académicien
ne permit pas à Peuchet de travailler long-
temps avec lui ; iL se retira de la Société
pour coopérer à l'*Encyclopédie méthodique.*
Pendant les deux assemblées des notables, en
1787 et 1788, il fut chargé de travaux admi-
nistratifs par M. de Calonne et ensuite par l'ar-
chevêque de Sens, chef du conseil des finances;
mais ayant manifesté de l'opposition aux opi-
nions de ce dernier sur l'affaire du Parlement,
il cessa d'être employé par lui. Lors de la con-
vocation des États-généraux, Peuchet que ses
connaissances positives avaient fait connaître
avantageusement, entra dans les fonctions publiques. Il fut successivement nommé électeur,
représentant de la commune de Paris et l'un
des membres de l'administration municipale
au département de la police, qu'il géra depuis
le mois de septembre 1789 jusqu'au mois
d'août de l'année suivante. D'abord, zélé réfor-
mateur, Peuchet adopta, après les scènes des

5 et 6 octobre, des principes modérés et fut classé parmi les patriotes monarchiques. Il se rapprocha de la cour, eut pour ami le comte de Montmorin, ministre des affaires étrangères et en obtint, avec l'agrément du Roi, la rédaction de la *Gazette officielle de France.* Vers la fin de 1790, Mallet-Dupan ayant reçu de Louis XVI une mission auprès des princes en Allemagne, Peuchet fut aussi chargé de la rédaction de la partie politique du *Mercure de France,* alors recherché pour la vigueur avec laquelle on y défendait la personne du Roi et les vrais principes de la liberté sociale. La révolution du 10 août 1792 renversa son existence politique et littéraire et pensa lui coûter la vie. Arrêté, puis rendu à la liberté, il se retira à Écouen et devint administrateur du district de Gonesse pendant le règne de la *terreur.* Après le 9 thermidor an 2, (juillet 1794), il réclama à la tête d'une députation, le maintien de la loi du 17 nivôse précédent, source de toutes celles rendues depuis sur l'égalité de partage des biens

dans les successions. Quand la constitution de l'an 3 eut été mise à exécution, Peuchet, appelé par le ministre de la police générale, eut la direction du bureau des lois et des matières contentieuses sur les émigrés, les prêtres et les conspirateurs. La modération, l'indulgence, mais surtout la justice qu'il apporta dans ces fonctions importantes, le firent beaucoup regretter, lorsque les proscriptions l'atteignirent à la suite du 18 fructidor an 5 (août 1797). Échappé à la déportation, il contribua long-temps à la partie politique de *la Clef du cabinet*, journal auquel concouraient également Laharpe, Fontanes et autres célèbres littérateurs; mais dont le gouvernement consulaire ne toléra pas l'existence. Cependant, il s'occupait principalement dans sa retraite d'Écouen, à compléter son grand travail sur la *Géographie commerçante*, pour laquelle Morellet lui avait fourni différens matériaux : toutefois il ne le livra à l'impresssion qu'en l'an 8. C'est à cette production qui annonçait des connaissances aussi variées qu'étendues en économie politique et en matières de commerce, qu'il dut d'être nommé par le ministre de l'intérieur, Chaptal, membre du conseil du commerce et des arts. Une nouvelle organisation de ce conseil ayant eu lieu sous les ministres suivans, Peuchet se retira. En 1805, on le comptait parmi les jurisconsultes de la capitale. Français de Nantes, directeur des droits réunis, qui conférait particulièrement avec lui, lui donna l'emploi d'archiviste de cette administration, et il y fut conservé jusqu'en 1814. Peuchet remplit alors les fonctions de censeur des journaux et il occupa, après les cent jours, jusqu'en 1825, celle d'archiviste à la préfecture de police. En outre, il y était souvent chargé de rapports sur les sociétés de commerce et consulté sur les autres objets de cette nature. Néanmoins, ses observations, quoique mesurées, contre l'arbitraire, avaient déplu. Une basse intrigue lui imputant à crime les *Mémoires sur Mirabeau* qu'il venait de publier, sans nom

d'auteur, et dans lesquels Peuchet se montre
l'ami des libertés publiques, fit mettre à la retraite cet homme si utile à l'administration. Le
chagrin que lui causa cette injustice l'affecta vi-
vement. Il fut rappelé en 1828, mais à un poste
inférieur et avec de moindres avantages; d'ail-
leurs, le coup fatal était porté. A la suite d'une
longue et douloureuse maladie, Peuchet est
mort à Paris le 28 septembre 1830. Dans toutes
les circonstances et dans tous ses écrits, il s'est
montré sans ambition comme sans intrigue et
un ami sincère de la monarchie constitution-
nelle. Il est auteur de beaucoup d'ouvrages
avoués par lui et d'un assez grand nombre où
il a gardé l'anonyme, soit, parce qu'il y mettait
peu d'importance, soit, parce que les circonstances exigeaient qu'il ne sacrifiât pas à ses opi-
nions, quelque honorables qu'elles fussent, les
moyens d'existence de sa famille. Outre ceux
auxquels il a coopéré et que nous avons indi-
qué plus haut, on doit à ce savant et laborieux
écrivain.

1° *Dictionnaire de police et des municipalités.* 1788, 2 volumes in-4°, faisant partie de l'*Encyclopédie méthodique.* 2° *Exposition de la gestion de M. Peuchet,* etc., 1792. in-8°. 3° *De la classification des lois,* 1795, in-8°. 4° *Vocabulaire des termes de commerce,* banque, mnuafactures, navigation, etc., 1800, in-4°; on le joint à l'article suivant : il a aussi été imprimé dans le format in-8°. 5° *Dictionnaire universel de la Géographie commerçante,* an 8, 1799, 5 volumes in-4°. Cet ouvrage, fruit de recherches immenses et d'un travail soutenu, sera toujours d'une grande utilité, en attendant qu'on nous en donne un plus parfait. L'introduction qui est estimée, présente un tableau complet des progrès de la navigation, du commerce, de l'agriculture des fabriques, ainsi que des institutions relatives au commerce et des lois de la propriété. 6° *Du commerce des neutres, en temps de guerre;* traduit de l'italien, de Lampredi, in-8°, 1801. 7° *Bibliothèque commerciale,* 1802 et années suivantes, in-8°. Ce recueil périodique et par cahiers, eut un grand succès tant en France qu'à l'étranger; il fut suspendu en 1807 par suite du blocus continental, repris en 1815 et suspendu encore au 20 mars de la même année. En avril 1827, Peuchet en annonça de nouveau la publication, mais elle n'a pas paru. 8° (avec Herbin, Sonnini et autres) *Statistique générale et particulière de la France et de ses colonies;* 1803, 7 volumes in-8°, avec atlas in-4°, Peuchet y a spécialement traité ce qui concerne le commerce et les arts et métiers. 9° *Considérations sur l'utilité du rétablissement de la franchise du port, de la ville et du territoire de Marseille,* 1805, in-8°. 10° *Campagnes des armées françaises en Prusse, en Saxe et en Pologne,* 1807, 4 volumes in-8°. Cet ouvrage est de Peuchet, quoiqu'il n'y ait pas mis son nom. 11° *Statistique élémentaire de la France,* 1808, in-8°. 12° (avec Chanlaire), *Description topographique et statistique de la France,* 1810 et années suivantes, 2 volumes in-4°. Chaque département formant 3 ou 4 feuilles in-4°., a paru séparément; mais on n'en a publié que quarante-six. Il est fâcheux qu'on n'ait pas continué ce recueil de *Statistiques*, moins minutieuses que celles qui ont paru en petit nombre in-4°, et in-f°, et bien plus exactes, plus méthodiques et plus complètes que la plupart de celles qui avaient paru in-8°, dans un assez grand nombre de départemens. 13° *Collection des lois, ordonnances et réglemens de police depuis le* 13e *siècle,* 1re série, 1818, 6 volumes in-8°. Peuchet a publié dans la même année les 3 1ers volumes de la 2e série commençant en 1667. 14° *Situation actuel les colonies,* 1820, 11 volumes in-8°, figures, atlas in 4°. 15° *État des colonies et du commerce des Européens dans les deux Indes, depuis* 1785 *jusqu'en* 1821, pour faire suite à l'histoire philosophique etc., de Raynal, 1821, 2 volumes in-8°. 16° *Histoire philosophique et politique des établissemens et du commerce des Européens dans l'Afrique,* œuvre posthume de Raynal,

et publiée (*très-augmentée*) par M. Peuchet,
1823; 2 volumes in-8°, avec une carte générale
d'Afrique. 17° *Mémoires sur Mirabeau, et
son époque, sa vie littéraire et privée, sa con-
duite politique à l'Assemblée nationale et ses
relations avec les principaux personnages de
son temps;* 1824, 4 volumes in-8°. Ils font
partie de la collection des *Mémoires des con-
temporains.* Peuchet avait beaucoup fréquenté
Mirabeau ainsi que les personnes dont il parle
dans ces *Mémoires,* et lorsqu'il les écrivait, il
avait à sa disposition des documens particuliers
et authentiques; avantages que n'ont pas eu
tous ceux (deux seuls exceptés), qui se sont
occupés de la vie, ou des ouvrages de notre
immortel orateur. On y trouve beaucoup de
faits déjà connus, sans doute, mais beaucoup
plus qui ne le sont pas, ou qui le sont mal. A
côté des justes éloges qui sont dus à l'éloquence
et aux actes virils de Mirabeau, Peuchet a
placé une non moins juste censure des fautes,
des erreurs et des passions de cet homme pro-

digieux. En juillet 1821, un prospectus avait
annoncé, au lieu de *Mémoires*, la *Vie privée,*
politique et littéraire d'Honoré-Gabriel de Ri-
quety, comte de Mirabeau; par M. Peuchet;
3 volumes in-8°. Ce Prospectus qui devait être
la préface même de l'ouvrage, ne se trouve pas
au-devant des *Mémoires;* néanmoins, on sut
facilement qu'il en était l'auteur, et comme on
l'a vu, ils servirent de prétexte pour lui ravir
son emploi. 18° *Mémoires de mademoiselle*
Bertin sur la reine Marie-Antoinette, 1824;
in-8°. Ils sont puisés dans les *Conversations*
recueillies à Londres pour servir à l'histoire
d'une grande Reine; Paris, 1807, in-8°. Peuchet n'a guère fait que supprimer la forme du
dialogue; mais il y a réuni environ 130 pages
de pièces inédites et de notes critiques et
intéressantes. Les héritiers de Mlle. Bertin
ayant désavoué ces *Mémoires* *, sans doute,
à cause de quelques traits contre des princes de
la famille royale, presque tous les exemplaires

* *Journal de la Librairie*, 19 Janvier 1825.

furent retirés du commerce. A l'égard des *Conversations* que Peuchet attribuait à un membre
distingué de l'Assemblée constituante, elles
avaient été, dès leur apparition, saisies par la police, parce qu'on y trouve l'éloge de Louis XVI
et de la Reine. Ensorte qu'aujourd'hui, ces
deux volumes ne sont pas communs. 19° Plusieurs *Manuels*, entre autres, celui des né-
gocians, celui du banquier et de l'agent de
change, etc. 20° Enfin, divers écrits sur l'é-
conomie politique, et qu'il serait trop long
d'énumérer ici. Barbier lui attribue les *Mémoires du marquis d'Argens*, 1807, in-8°.

Panckoucke ayant créé le *Moniteur*, Peuchet
l'y seconda puissamment; il y travailla depuis
1789 jusqu'à sa mort. Il y insérait d'abord ses
réflexions sur les circonstances, la politique et
principalement sur des objets de jurisprudence,
ou d'administration intérieure. Depuis le 18
brumaire, il a enrichi ce journal de nombreux
articles sur les ouvrages concernant le Droit
public, la Statistique, les Voyages, etc. Il a eu

part au *Journal de Deux-Ponts*, et aux *Annales de l'université de jurisprudence de Paris*. Il était aussi l'un des collaborateurs à la *Biographie universelle* publiée par M. Michaud. En 1827, il fit imprimer, mais sans le distribuer, le prospectus d'une *Historiographie universelle, ou Dictionnaire historique des faits et des époques remarquables de l'histoire moderne,* etc. ; il en avait déjà composé plus de deux mille articles, restés manuscrits. Pendant la dernière année de sa vie, il a terminé avec soin des *Mémoires historiques sur la police de Paris.* Personne assurément n'a été plus que lui à même de composer un pareil ouvrage : ils sont inédits et pourraient former deux volumes in-8°. Peuchet était membre de la Société française de Statistique universelle, de celle des antiquaires de Caen, de la Société d'agriculture et de commerce de Paris, et de plusieurs autres compagnies savantes.